Pour Liza
N L-L

Pour Marie Wabbes
K A

© 2013, *l'école des loisirs*, Paris

Loi 49956 du 16 juillet 1949,
sur les publications destinées à la jeunesse.
Dépôt légal : mars 2013
ISBN 978-2-211-21159-8

Mise en pages : *Architexte*, Bruxelles
Photogravure : *Media Process*, Bruxelles
Imprimé en Italie par *Grafiche AZ*, Vérone

Tu es sot, Crocodilo !

Texte de Natalie Louis-Lucas
illustrations de Kristien Aertssen

Pastel
l'école des loisirs

Crocodilo, tu es sot ! dit Papa.

Crocodilo, cesse de faire l'intéressant !
dit Maman.

Crocodilo, arrête ton cirque !

Crocodilo, laisse-nous un peu tranquilles !

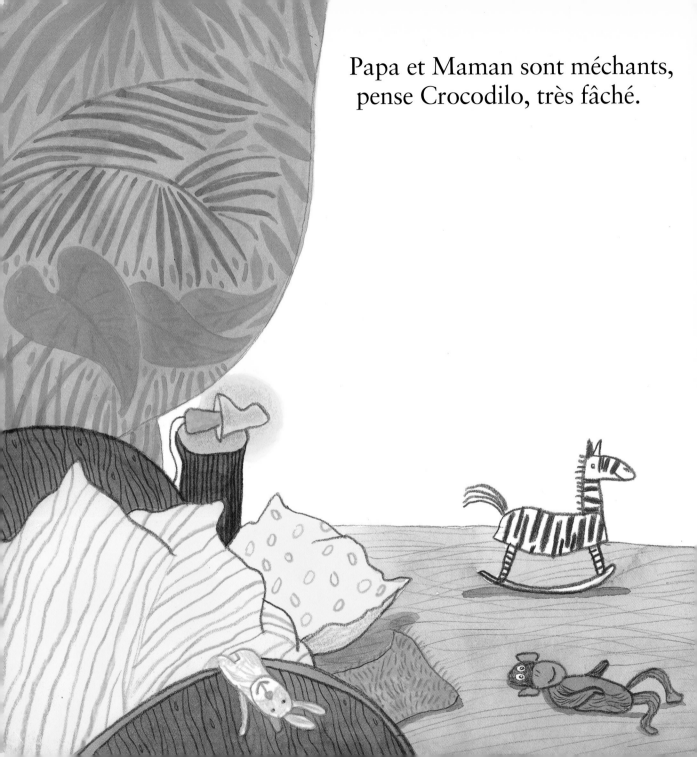

Papa et Maman sont méchants,
pense Crocodilo, très fâché.

Puisque c'est comme ça,
je vais les manger tout crus !

Et hop ! Et hop !

Crocodilo est très content.
Maintenant, il peut faire tout ce qu'il veut.

Il peut regarder trois DVD de suite,
en mangeant des chips…
Il peut prendre un bain,
en vidant tout le pot de mousse
parfumée au concombre.

Il peut même faire du trampoline
sur le lit de ses parents.

Mais il a un peu mal au ventre…
C'est que ça gargouille, là-dedans !

Crocodilo commence à se sentir un peu seul…
Tout à coup, il entend :

C'est toujours pareil, tu le gâtes trop!

Tu peux parler, avec tous les jouets que tu lui achètes!

Et toi, avec tes paquets de bonbons
qui lui abîment les dents!

Crocodiloup ?

Je suis là !

Sors de ta cachette!
Nous partons
à la piscine.

C'est vrai?

Crocodilo saute de joie.

Youpi !

Gloups !

En route, Crocodilo !
Tu vas pouvoir sauter dans l'eau ! dit Maman.

Wouhouou !